AF219869

Was wäre,

wenn ...

Geschichten zur
Geschichte

Inhaltsverzeichnis

1. Der verwehrte Ruhetag

Der Morgen soll neblig und kalt gewesen sein, wie die Nacht zuvor. Von Wald zu Wald zog sich ihre Schildreihe am Hang entlang knapp unterhalb des Hügelkammes. Da standen in der ersten Reihe zweieinhalbtausend Huscarle im Kettenhemd, die Streitaxt in den Händen, verstärkt durch Schild und Speer tragende Bauern. Viel mehr waren sie gewesen, als sie schon einmal hier im Süden Englands warteten auf Wilhelm, den Herzog der Normandie. Wilhelm glaubte, Anspruch auf den Thron zu haben. Dabei hatten die angelsächsischen Adligen aus ihren Reihen König Harald II. gewählt. Aber Wilhelm war der Ansicht, Harald habe ihm vor Jahren den Treueid geschworen, als er bei ihm in der Normandie die Verwaltung seines Herzogtums studierte. Nun käme er als Lehnsherr seines Gefolgsmannes, sich die Krone zu holen, die ihm zustünde nach den Regeln seiner Zeit. Er verbarg seine Absicht nicht, baute offen eine Flotte, zog seine Mannen zusammen, auch aus der Bretagne und dem fernen Flandern. Harald besetzte die Küste, ihn zu erwarten. Doch Wilhelm nahm sich Zeit.

Inzwischen erhob auch Norwegens König Anspruch auf Englands Thron. Er landete mit einem Heer nördlich von York und schlug die örtlichen Milizen. Harald marschierte in Eilmärschen nach Norden, schlug die Norweger, wobei ihr König fiel, und eilte zurück. Denn inzwischen war Wilhelm gelandet. Harald schickte Boten ins Land, doch nur kampfunerfahrene Bauern konnte er rekrutieren, die mit Schild und Speer seine gepanzerten Fußsoldaten verstärken sollten. So kamen noch fünftausend Männer der Fyrd hinzu, der Miliz des damaligen Englands. Fünfhundert dänische Huscarle ersetzten gegen Sold die tausend Gefallenen der Schlacht von Stanford Bridge, die dem Norwegerkönig das Leben kostete. Nun standen sie Wilhelm gegenüber, Huscarle und Fyrd oben am flachen Hang, in der Senke die Normannen mit Reitern, Fußknechten und Bogenschützen. Für die Angelsachsen fanden Märsche, Schlacht und wieder Märsche ihr Ziel an diesem 13. Oktober 1066 bei Hastings. Kaum angekommen, besetzten sie noch in der Nacht den Seniac-Hill, entkräftet von den siegreichen Kämpfen und den tagelangen Märschen. Am Morgen des nächsten Tages eröffneten Wilhelms Bogenschützen die Schlacht.

Doch ihre Pfeile blieben in den Langschilden stecken oder flogen vorbei, richteten wenig aus gegen Haralds Kämpfer. Wilhelm setzte seine Fußsoldaten in Marsch. Bergauf zu stürmen kostete den Gepanzerten viel Kraft und die

Schildreihe fing ihren Anprall ab. Nun galoppierten die Reiter den Hügel hinauf, Schildreihe und vorgestreckte Speere wehrten sie ab, sie kehrten um. Ein Gerücht ging um in der Normannen Reihen: Wilhelm sei gefallen. Ihr linker Flügel begann langsam zu weichen. Erste Bauern sahen sich siegreich, verließen den Schildwall und jagten den Flüchtenden nach. Da hob Wilhelm seinen Helm, die Normannen sahen ihren König, die Reihen fingen sich und machten die vorgepreschten Angelsachsen nieder. Wilhelm ritt zum Angriff, die Normannen berannten den Schildwall – kamen nicht durch und fluteten wieder zurück.

Schlachten in diesen Zeiten dauerten zwei Stunden, auch mal einen Vormittag – dann waren sie entschieden. Die vom Marsch entkräfteten Huscarle standen eisern, ein Angriff wäre Selbstmord gewesen. Die unerfahrenen Bauern des Fyrd glaubten bei jedem Rückzug der Normannen, der Sieg sei nah und jagten ihnen nach. Doch die Reiter kehrten um und ritten sie nieder. Wilhelm sah – Lücken entstanden im Schildwall. Was zufällig geschah, beschloss Wilhelm zu nutzen. Er instruierte seine Reiter, der nächste Angriff soll eine Finte sein. „Lockt sie heraus, die Bauern mit ihren Speeren, kehrt um und macht sie nieder!" Die List gelang. Am späten Nachmittag zerbrach der Schildwall. Die

Normannen, nun in der Überzahl, kreisten die kleiner werdenden, einzelnen Gruppen der Angelsachsen ein und erschlugen sie im Kampf Mann gegen Mann. König Harald verlor die Übersicht, ein Pfeil traf ihn am Auge, ein normannischer Reiter schlug ihn mit dem Schwert vom Pferd, im Getümmel endete sein Leben. Mit dem Tod des Königs waren die Bauern von ihrem Eid entbunden, sie flohen vom Schlachtfeld. Die Huscarle wehrten sich verzweifelt – in beginnender Dunkelheit war die Schlacht für die Angelsachsen verloren.

Zu Weihnachten ließ sich Wilhelm in der Westminster Abtei von London zum König von England krönen. Er bestrafte die heimischen Adligen hart, die den ‚Thronräuber' Harald zum König gewählt hatten – denn so sah er sie. Die meisten verloren Land und Titel, normannische Feudalherren versammelte er um seinen Thron und in den nächsten Jahrhunderten sprach der englische Hof Französisch. Wilhelm wusste sich fremd und abgelehnt von den Menschen im Land, baute Zwingburgen, um dieses Völkergemisch aus Kelten, Angeln, Sachsen und Wikingern zu beherrschen. Die normannische Verwaltung, die Harald bei ihm studiert und seinem Volke zum Nutzen einführen wollte, brachte Wilhelm, der Eroberer, jetzt zur Vollendung – nunmehr gegen sein eigenes Volk. Man sieht es heute noch an den Burgen. Waren diese in Deutschland zum Schutz gebaut gegen räuberischen Einfälle der Magyaren, zwar auch auf Befehl des Königs, doch von seinem Dienstadel und mit den Baustoffen, Handwerkern und Bauern der Umgebung, errichtet mit Platz für Leute und Vieh, dienten Wilhelms Burgen nur seinen Rittern und Fußknechten. Hoch und steil ragten sie auf Bergen und in Ebenen, furchteinflößend – und das sollten sie auch sein. Wilhelms Herrschaft riss die Angelsachsen auch aus ihrer Kultur, brachte viele nordfranzösische Gepflogenheiten und Wörter auf die Insel und dezimierte ihre Sprache. So verlor das Englisch seine Fälle, dafür entstanden Idioms, die Schrecken aller Übersetzer. Nur Weniges, wie das altgermanische Wort ,the' blieb als Rudiment erhalten. Spät erfolgte die Verschmelzung zwischen Eroberern und Einheimischen und erst ein halbes Jahrtausend danach lösten sich England und Frankreich im Ergebnis des Hundertjährigen Krieg als eigene Staaten voneinander.

Wilhelm, der Eroberer, schloss England an Europa an. War diese Insel, welche die Nordsee vom Atlantik trennt, vorher stets der Zankapfel aus Völkerwanderungszeiten geblieben, wo Wikinger mit Dänen und Einheimischen um Land und Menschen konkurrierten, erhielt es nun eine eigene Dynastie und feste kulturelle Bindung an den Kontinent. Er konnte das nicht ahnen. Wie Harald nicht ahnen konnte, was geschehen wäre, hätte er die Schlacht gewonnen. Denn ihr Ausgang hing am seidenen Faden. Ein Ruhetag vor Beginn, mehr Kraft für die Huscarle zum Mittag, mehr Kampferfahrung und Disziplin für die Bauern des Fyrd – was wäre aus England geworden bei Haralds Sieg?

2. Drei uneinige Brüder

Was verstehen wir unter Europa? Im heutigen Reden unter einfachen Leuten ist das die Europäische Union – und da hängt noch etwas dran, geografisch, kulturell und geschichtlich. Doch das ist uns Heutigen nicht wichtig.

Dabei war es schon zu den Zeiten der Entstehung des ,Heiligen Römischen Reiches Deutscher Nation' viel größer, denn die Herrschenden schickten oft ihre Söhne und Töchter von Konstantinopel nach Magdeburg, von Kiew nach Norwegen – zumeist sahen die Bräute oder der Bräutigam ihr Heimatland nie wieder. In drei großen Machtbereichen handelten Kaufleute, im schon genannten, im Oströmischen Reich oder Byzanz und in der Kiewer Rus. Diese ähnelte sehr den Verhältnissen in Mittel- und Westeuropa, ein Herrscher, der mehr Schiedsrichter zwischen den Fürsten war als König oder Kaiser und eine Staatskirche, die den Bauern ihr Seelenheil versprach. Kaufleute fuhren über die Via Apia, die Königsstraße, von Paris über Frankfurt und die Erfurter Krämerbrücke bis nach Kiew, andere segelten zunächst in der Ostsee nach Norden, luden um und fuhren von Nowgorod über den Dnjepr nach Kiew und weiter nach Konstantinopel. In Gräbern schwedischer Kaufleute jener Zeit fand man

Waren aus China und Indien. Ein Europa mit Anschluss an Asien hätte sich mit der Seidenstraße als Rückgrat des großen Kontinents entwickeln können – aber so kam es nicht.

Im fernen asiatischen Land der Mongolen wurden in den südsibirischen Steppen oft die Nahrungsmittel knapp. Das war immer so. Die Nomaden wussten Rat. Sie fielen in China ein und holten sich gewaltsam, was fehlte. Bis ein chinesischer Kaiser die geplante Mauer gegen die Einfälle der Barbaren endlich fertig baute. Aus Not fiel man über den Nachbarn her – der wehrte sich. Endlose Streitigkeiten in den früher so ruhigen Steppen wurden zur Regel. Satt wurden die Menschen dadurch nicht. Einem Stammesführer war das leid. Gemeinsam sollten die Mongolen ihr Glück versuchen, wenn es nicht mehr im Süden ging, dann eben im Westen. Als Temudschin unterwarf er alle mongolischen Stämme, als Dschingis-Khan zog er mit ihnen nach Mittelasien, ins reiche ‚Land der tausend Städte‘, das keine Mauer schützte. Das genügte ihnen nicht. Da war doch noch viel mehr Land zu erobern.

Am Dnjepr wurden sie erwartet, die Mongolen des Subutai und des Jebe, die nach der Verfolgung des Choresm-Schahs in Mittelasien das Kaspische Meer im Süden umrundet, den

Kaukasus überquert und die ansässigen Völker allesamt geschlagen und massakriert hatten. Überlebende Kiptschaken, von den Kiewern Polowezer genannt, flüchteten und warnten den Großfürsten von Kiew Mistislaw, den III. vor der großen fremden Heeresmacht. Der staunte: Früher selbst plündernd in seine Länder einfallend, suchten jene wilden Scharen jetzt seine Hilfe! Er sandte Boten an seine Brüder, die Fürsten von Halytsch und Tschernigow. Im Oktober 1223 standen sie gemeinsam mit ihren Heeren am Fluss und die Mongolen sahen: Die dort waren in der Überzahl. Und schlugen ihre ersten Vorposten. Die Mongolen wandten sich zur Flucht.

Doch Mongolen mit der Kampferfahrung aus so vielen Feldzügen fliehen nicht, wie das die Fürsten der Rus glaubten. Neun Tage zogen sie sich zurück. Das kannten die Fürsten nicht, konnten keine Ordnung halten – waren doch höchstens Schlachten von Tageslänge gewohnt. Jeder der drei Brüder folgte dem Feind auf eigene Weise. Am Fluss Kalka drehten die Mongolen um, überfielen zuerst die Kiptschaken, die sie erst unlängst geschlagen hatten. Die Niederlage noch frisch im Gedächtnis, verloren diese den Mut und rannten erste Nachfolgende über den Haufen. Diszipliniert setzten die Mongolen nach, ihre Feldherren erkannten Lücken und

Schwachstellen, am 28. Oktober wurden Kiptschaken, Halytscher und Tschernigower geschlagen, nur die Kiewer gewannen einen Hügel, befestigten ihn und hielten sich drei Tage. Dann erlagen auch sie dem nun übermächtigen Feind. „Sie nahmen aber die Fürsten und erdrückten sie, indem sie sie unter Brettern legten, selbst aber setzten sie sich oben darauf zum Mittagessen. So endeten jene ihr Leben."[*] In Nowgorod berichteten Chroniken, nur jeder zehnte Kämpfer sei zurückgekehrt.

Subutai und Jebe begnügten sich mit ihrem Sieg. Sie sollten lediglich erkunden, was es jenseits des Kaspischen Meeres noch zu erobern gab und so vereinigten sie sich wieder am Syr-Darja mit dem Hauptheer. Auf der Krim erbeutete Karten gaben sie weiter. Es blieb aber nicht dabei. Vierzehn Jahre später ließen die Mongolen unter Batu-Khan den Fürsten der Rus keine Zeit, standen plötzlich vor der östlichsten Stadt Rjasan. Nach sechs Tagen Belagerung plünderten und verbrannten sie die Stadt, zogen weiter nach Susdal und Wladimir – überall geschah dasselbe, einen gemeinsamen Widerstand vermochten die Fürsten nicht zu organisieren. Von 72 bekannten Städten wurden 49 zerstört. Nur die Wälder und nassen Wiesen vor Nowgorod vermochten die Reiterheere Batu-Khans nicht zu überwinden. Später brandschatzte er die Städte des Südens, eroberte 1240 auch Kiew. Die Rus wurde zum westlichen Grenzland der Mongolen, ‚an der Grenze', slawisch ‚u kraina'. Viele, nun ‚Russen' genannte Slawen, zogen nach dem Norden, den die Mongolen mieden, weil er ihre Pferde, Herden und Reiter nicht ernähren konnte, und gründeten neue Städte. Erst 1476 verweigerte der Moskauer Großfürst Iwan, der III. die Tributzahlung und 4 Jahre später schlugen die Russen eine letzte, nun siegreiche Schlacht mit dem ‚Stehen an der Ugra', ein fast unblutiges Gefecht, bei dem nach Tagen die Mongolen abzogen.

Die Schlacht an der Kalka musste so nicht enden. Hätten die Kiewer Fürsten gemeinsam gehandelt, wären bei ihrem Sieg die venezianischen und genuesischen Karten nicht in die Hände Dschingis-Khans gelangt, die mongolische Invasion sicher nicht so leicht erfolgt. Russland wäre nicht 250 Jahre in seiner Entwicklung zurück geworfen worden. Ein Drittel Europas schied aus der gemeinsamen Entwicklung aus, verursacht durch Uneinigkeit. Erst spät erlangte es wieder Anschluss.

Und mancher unserer heutigen Zeitgenossen will ihm diesen noch immer verwehren.

*Zitiert nach Hartmut Rüß: *Die altrussischen Fürstentümer unter der Herrschaft der Goldenen*

Horde. In: Johannes Gießauf und Johannes Steiner (Hrsg.): *‚Gebieter über die Völker in den Filzwandzelten‘. Steppenimperien von* Attila *bis Tschinggis Khan. Erträge des Internationalen Symposiums an der Karl-Franzens-Universität Graz (28./29. September 2006)* (= Grazer Morgenländische Studien 7), Graz 2009, ISBN 978-3-902583-05-5, S. 81.

3. Ein Freundesdienst

Nein, das wollten sie nicht. Ritter verstecken sich nicht vor der Schlacht, auch wenn sie nur wenige sind. Und sie entschuldigten sich schon jetzt für dieses unehrenhafte Handeln, das sie nur auf Geheiß ihres Königs und seiner ausgedachten List in die Weinberge ziehen ließ. Murrend verbargen sich sechzig gepanzerte Ritter am linken Rande des Marchfeldes nördlich von Wien. Dann stellten sich die leichten Reiter in der vordersten Linie auf, dahinter die schweren Ritter, an der rechten Seite deckten die Bogenschützen der Kumanen die Flanke, ungarische Verbündete, noch heidnischen Glaubens – doch Rudolf musste alle Verbündete einsetzten, die er bekommen konnte. Seine Wahl zum König des Reiches hatte Ottokar nicht anerkannt, der böhmische König, der stärkste Kurfürst, der selber die Wahl gewinnen wollte, aber vor fünf Jahren unterlag. Ottokar hatte wohl vergessen oder wollte nicht wissen, dass es üblich war, nie den stärksten Fürsten zum König zu wählen. Nur eine Schiedsrichterrolle gestanden ihm die Großen in ihren Streitigkeiten zu, einen wirklichen Führer wollten sie nicht. So hoben sie Rudolf von Habsburg aus dem Aargau auf den Thron, ungefährlich für die Herzöge aus Sachsen, Schwaben oder Bayern. Nur der ungestüme Ottokar aus Böhmen wollte sich dem unausgesprochenen Brauch nicht fügen, wollte selber Krone, Zepter und Reichsapfel besitzen, die aus den Zeiten Karls des Großen stets in Aachen vergeben wurden. Er sei doch der Vornehmste im Reich, sei doch schon König der Böhmen, ihm stünde die Krönung zu, nicht jenem kleinen Grafen. Jetzt führte er seinen zweiten Krieg gegen den Emporkömmling. Auch er hatte nun Verbündete, aus Brandenburg und selbst aus dem fernen Polen. Er pfiff auf den sechzehnjährigen König der Ungarn auf der anderen Seite, auf den sechzigjährigen Grafen Rudolf. Ottokar fühlte sich in Saft und Kraft seiner zweiundvierzig Jahre und wollte es allen schon zeigen, wem die Krone im Reich gebührt. Er gab den Befehl zum Angriff und sechstausendfünfhundert schwere Ritter preschten vor.

Die leichten Reiter Rudolfs erlitten große Verluste. Bald kämpften nur noch einzelne von ihnen. Nun trafen Ritter auf Ritter. Und die Kumanen schossen ihre Pfeile ab, mancher Ritter wurde getroffen, ohne vorher sein Schwert ziehen zu können. Dennoch – langsam aber sicher gewannen Ottokars Scharen das Feld. Da stürzte Rudolfs Pferd, Verwirrung um ihn herum. Ein Freund sah das Malheur, half Rudolf auf ein anderes Pferd. Aufatmen in Rudolfs Reihen und er gab das verabredete Signal. Aus den

Weinbergen brachen die sechzig Ritter in des Feindes Flanke. Ottokar wollte mit einem Richtungswechsel seiner Reserve in deren Rücken kommen – seine eigenen Reiter deuteten dies als Flucht. Rudolf setzte noch eins drauf: "Sie fliehen! Sie fliehen!" rief er aus Leibeskräften. Seine Mitkämpfer fielen in den Ruf ein. Ottokars Ritter, schon erschöpft von drei Stunden Kampf, wandten die Köpfe. Was sie sahen, war schwer zu deuten – Tumult und Rudolfs Ritter an der Seite, zum Teil auch hinter ihnen – das war zu viel. Zunächst einzelne, dann immer mehr von Ottokars Streitern versuchten, das Schlachtfeld zu verlassen. Am Abend erkannte eine Gruppe steirischer Adliger Ottokar. Sie erinnerten sich seiner geringschätzigen Behandlung, seiner Anmaßungen, als sie noch seine Gefolgsleute sein mussten. Sie übten Rache und kannten keine Gnade. Könige wurden in jenen Zeiten gefangen genommen, Ottokar erfuhr diese Achtung nicht.

Zwölftausend Böhmen sollen die Schlacht nicht überlebt haben. Rudolf ließ Ottokars Leichnam einbalsamieren und dreißig Wochen lang in Wien zur Schau stellen. Er zog langsam nach Böhmen, hielt oft an und sprach mit vielen Adligen. Mit Ottokars Witwe Kunigunde schloss er Frieden, seinen siebenjährigen Sohn Wenzel übergab er dem Markgrafen von Brandenburg zur

Vormundschaft und übertrug ihm für fünf Jahre die Verwaltung Böhmens. Das unterschied ihn von Ottokar – Rudolf suchte den Ausgleich, zog die Adligen auf seine Seite. Kärnten, die Steiermark, Österreich und die Krain wurden so zu den Stammländern der habsburgischen Dynastie, Wien zu ihrer Hauptstadt. Kaiser ist er nie geworden, zwei Krönungstermine in Rom platzten, die Päpste starben zu schnell hintereinander. Doch seine Nachkommen stellten mit wenigen, kurzen Unterbrechungen alle Kaiser bis 1806. In Böhmen erlebten die Premysliden unter Ottokars Sohn Wenzel noch eine kurze Blüte. In den nächsten Generationen fehlten die männlichen Nachkommen. So verschwanden sie aus der Geschichte. Böhmen blieb ein Königreich im ‚Heiligen Römischen Reich Deutscher Nation‘ bis zu dessen Ende 1806.

Ottokar hatte alle militärischen Voraussetzungen, an diesem 26. August 1278 die Schlacht zu gewinnen. Zwar führten beide Seiten etwa 30.000 Bewaffnete ins Feld, aber seinen sechseinhalbtausend Rittern standen nur viertausendfünfhundert Rudolfs gegenüber. Hinzu kam dessen Pech, in einem entscheidenden Moment vom Pferd zu stürzen. Doch neben ihm focht ein Freund, der ihm half. Einen solchen hätte auch Ottokar gebraucht, als er am Abend ins Blickfeld seiner Feinde geriet. Sie hätten seine

Freunde werden können, als er zuvor in der ‚kaiserlosen Zeit' sich das verwaiste Babenberger Erbe nahm, Kärnten, die Steiermark und Österreich. Doch er versäumte, die dortigen Adligen für sich zu gewinnen. So musste er nach Rudolfs Königswahl diese als königliche Lehen herausgeben und in der Schlacht erleben, dass seine ehemaligen Gefolgsleute besonders hart gegen ihn kämpften. Rudolf handelte anders. Er gestaltete die Schlacht mit Ideen und erfuhr mehr Loyalität seiner Kampfgefährten. Nach seinem Sieg vermittelte er Ehen zwischen seinen und Ottokars Kindern. Man sieht in Rudolfs Verhältnis zu den Menschen die spätere ‚weiche österreichische Art', die in der frühen Neuzeit zum geläufigen Spruch führte: „Andere führen Kriege. Du, glückliches Österreich, heirate."

Ottokar verlor. Und vielleicht hinge heute statt des habsburgisch/preußischen Adlers der böhmische Löwe im Bundestag. Kann man das wissen? Geschichte ist nicht korrigierbar. Was wäre anders gekommen, wenn Ottokar mit den menschlichen Eigenschaften Rudolfs ausgestattet gewesen wäre?

4. Oh, heilige Einfalt

Sie waren etwa gleichaltrig, die beiden Männer, die sich in Konstanz begegneten. Kommt einer aus einer alten Herzogsfamilie mit einem als Sohn armer Leute in solcher Runde zusammen, ist das schon außergewöhnlich in jener Zeit. Aus Luxemburg stammte der Eine und war durch Heirat König von Ungarn und durch Wahl König des Heiligen Römischen Reiches Deutscher Nation geworden. Noch mehr Titel vereinigte er auf sich, aber sie spielten in der Begegnung auf dem Konzil keine Rolle. Er hatte dem Anderen einen wohlwollenden Brief geschrieben, später wird man diesen als Geleitbrief bezeichnen, darin spricht er von seinem Schutz und bittet alle, denen er auf seiner Reise begegnen wird, ihm gutes Obdach und gutes Essen zu geben und auch sonst alles für seine weitere Reise zu tun. Im Verständnis seiner Zeit aber war es kein Schutzbrief – und hätte es doch sein müssen. Dieser Andere zeichnete sich schon in früher Jugend durch Fleiß und Streben nach Wissen aus. Der kleine Ort Hustinec im Böhmischen wird später die Grundlage für seinen Familiennamen liefern. Da hat er schon Tausende Menschen durch Predigten in vielen Kirchen begeistert. Inzwischen war er Rektor der ersten Universität des Reiches geworden, der Karls-Universität von Prag. Als solcher zog er in die Stadt Konstanz, in der König Sigismund das Schisma der Katholischen Kirche überwinden wollte. Denn es stritten drei Päpste darum, als der einzig wahre Papst zu gelten, einer aus Avignon, ein anderer in Rom und ein dritter, der noch in allen Landen herum zog, Anhänger zu finden. Für die Suche nach der einzig wahren Lehre brauchte Sigismund den besten Gelehrten seiner Zeit. Er sah ihn in Jan Hus, dessen Anhänger in Böhmen und Mähren ihn vergötterten. Aber zunächst wollte er einen neuen Papst. Er fühlte sich als Diplomat, Kriegskunst war nicht seine Sache. Einen Kreuzzug verlor er vor achtzehn Jahren in der Schlacht von Nikopolis gegen das Osmanische Reich. Die Donau trug die Schiffe der geschlagenen französischen Ritter zurück, viele waren es nicht, die ihre Heimat wieder sahen. Nun wollte er die Christenheit wieder einen, bevor es zu einem neuen Kreuzzug kommen konnte.

Mit Diplomatie wollte er die Kurie einigen und die beginnende Häresie in Böhmen zum Nutzen für Reformen beenden. Die brauche die Kirche, so sprach der Klerus, doch jeder Kardinal meinte anderes. Einzig, dass die Reformen sich nicht gegen sie selber richten sollten, darüber waren sie sich einig. Am 03. November 1414 traf Jan Hus in Konstanz ein und predigte seine Lehren von der Unmittelbarkeit des Glaubens an Gott, der keine Priester und Päpste brauche. Nach drei Wochen war das den Kardinälen zu viel, sie verhafteten ihn und verlangten im Verhör, dass er seine Lehren widerrufe. Am 24. Dezember 1414 traf Sigismund in Konstanz ein und war sehr zornig über die Kardinäle, so etwas auszuführen. Mehr tat er nicht. In den Verhören sprach er zu Jan Hus wie die Kardinäle – doch Jan Hus nahm nichts zurück. Am 06. Juli 1415 fällte das Konzil sein Urteil über den ‚hartnäckigen Ketzer' Hus. Er sei nicht einsichtig, damit werde der Geleitbrief nichtig, er müsse für sein Seelenheil verbrannt werden. Das Urteil wurde am gleichen Tag vollstreckt. Er ward an einen Pfahl gebunden, das Feuerholz um ihn aufgerichtet, ein altes Weiblein legte noch ein kleines Reisigbündel hinzu. Dazu muss man wissen, dass im Verständnis der Zeit der Feuertod den Sünder von seinen Verfehlungen reinigen und ihm trotz seiner Sünden den Weg in den Himmel und das Paradies zum ewigen Leben ermöglichen sollte. „Oh, heilige Einfalt!" sollen die letzten Worte von Jan Hus gewesen sein, gerichtet an die alte, fromme Frau.

Die Diplomatie Sigismunds brachte zuwege, dass ein neuer Papst gewählt wurde. Dass man den laut Jan Hus gar nicht brauche, wurde nicht mehr erwähnt. Das Konzil solle über dem Papst stehen. Das war alles, was die ‚böhmische Häresie' zum

Konzil beitragen konnte – und auch das wurde in der Folgezeit bald vergessen. Zu Reformen kam es nicht, doch die späteren ‚Hussitenkriege‘, begonnen und geführt von den enttäuschten Anhängern des Jan Hus, brachten viel Leid zunächst über Böhmen und Mähren, dann auch in angrenzenden Landen. Trotz blutiger Niederschlagung blieben die Grundsätze der Hussiten lebendig und fanden rund hundert Jahre später ihren Ausdruck mit Luthers Rede auf dem Reichstag in Worms vor Kaiser Karl, den V. Luther kam der inzwischen erfundene Buchdruck zu Hilfe und er fand Fürsten als Bundesgenossen, die, wenn auch zu ihrem eigenen Vorteil, der Kirche Macht beschränken wollten. Das ihm zugesicherte ‚freie Geleit‘ wurde diesmal eingehalten, Luthers Worte waren schon zu sehr in das Bewusstsein des Volkes gedrungen und Kurfürst Friedrich, der Weise von Sachsen entzog nach dessen Ablauf Luther dem späteren Zugriff und brachte ihn heimlich auf die Wartburg. Das Ziel jedoch wurde auch nicht erreicht. Nur eine Spaltung der Kirche stand am Ende – die auf dem Konzil von Konstanz diskutierten Reformen sind heute noch nicht geschehen.

Was ist die Bilanz von Sigismund? Seinen Kreuzzug hat er verloren, weil er auf seine Unterstellten, die französischen Ritter hörte – unbedingt wollten sie ‚die Ersten am Feind‘ sein.

Eigentlich sollten schwächeren Hilfstruppen aus Siebenbürgen und der Walachei die Schlacht eröffnen, denn ihnen vertraute Sigismund nur wenig. Als die Ritter nur langsam vorankamen, flohen sie, viele Kämpfer ohne Schwertstreich. Er behielt Recht – aber die Schlacht ging durch seine Nachgiebigkeit verloren. In Konstanz traf er zu spät ein. Unter seinem Schutz hätte Jan Hus predigen können, ohne die Gefahr einer Verhaftung durch die Kardinäle. So aber nahmen diese ihm das Heft aus der Hand. Sie wollten keine Reformen gegen sich selbst, nichts anderes predigte Jan Hus: keine Priester, keinen Papst. Sie griffen zu. Die Messen waren gesungen, Sigismund konnte nur noch in ihr Lied einstimmen. Kaiser ist er später noch geworden – zu einem Kreuzzug unter seiner Führung kam es nicht mehr.

Heilige Einfalt – das alte Weiblein, das jeder Predigt blindlings folgte, aber auch die Naivität des Jan Hus, der glaubte, mit Beharrlichkeit und der Begeisterung von Menschen hinter sich die Mächtigen seiner Zeit überzeugen zu können. Sigismund besaß die Macht, doch er folgte dem Begehr seiner französischen Rittern – und verlor die Schlacht. In Konstanz kam er zu spät, da hatten die Kardinäle die Weichen schon gestellt – gegen die Reform. Die Papstwahl konnte er noch gestalten – dabei sollte es doch gar keinen Papst mehr geben! Am weitesten kam Luther, unterstützt vom Buchdruck, dem Volk und einigen Fürsten. Doch auch er blieb stecken. Über die Kirchenspaltung kam er nicht hinaus.

Oh, heilige Einfalt! Wie bekommt man sie nur in den Griff? Was wäre, wenn Kaiser Sigismund konsequent gehandelt hätte?

5. Santa Maria!

Am Abend des 07. November 1620 soll Tilly, der Feldherr der Kaiserlichen, zweifelnd den Hang des Weißen Berges bei Prag hinauf gesehen haben. Hier sollten seine Söldner, bergauf kämpfend, das Heer der böhmischen Stände besiegen? Die böhmischen Kronländer, Schlesien, Mähren, die Lausitz, gar Nieder- und Oberösterreich, selbst ein ungarischer Fürst aus Siebenbürgen traten gemeinsam gegen ihren rechtmäßigen Herrn an, um ihren neuen evangelischen Glauben zu bewahren gegen den katholischen Ferdinand von Wien. Dieser Ferdinand war rechtmäßiger Erbe des Königreiches Böhmen und gewählter Kaiser des Heiligen Römischen Reiches Deutscher Nation. Dennoch wählten ihn die Stände in Prag ab, weil er den ‚Gnadenbrief' seines Vorgängers nicht verlängern wollte. Die böhmische Krone trugen sie dem Kurfürst von der Pfalz an, der sie dankend annahm. Ein reichliches Jahr schon tobte der pfälzisch-böhmische Krieg und Ferdinand wollte ihn mit der Einnahme Prags endlich entscheiden. Er, der anfangs fast nichts besaß außer das ihm unbotmäßige Böhmen, brachte spanische Kavallerie aus den Niederlanden auf, bayrische Söldner und wallonische Infanterie und die Arbeitslosen jener Zeit, die sich als Landsknechte jedem Herrn anboten, der ihnen

Lebensunterhalt bieten konnte. Etwa 40.000 Mann folgten Tilly, wenn auch murrend, denn der Sold floss nur unregelmäßig aus den klammen Kassen des Kaisers. Auf der anderen Seite war die Moral nicht besser. Der von den Ständen zum König gewählte Kurfürst von der Pfalz hatte am gleichen Abend seine Soldaten ermahnt, seiner und ihrer Sache treu zu dienen und war auf die Prager Burg zurück geeilt, von den Ständen mehr Geld für den Krieg zu fordern und um den Botschafter des englischen Königs Jakob zu empfangen. Hoffte er doch auch von ihm auf Geld, denn dessen Tochter war Friedrichs Frau, die ihrem Vater im Rang gleich gestellt werden wollte. 13.000 Söldner murrten und hatten gerade den Befehl des Oberbefehlshabers Christian von Anhalt verweigert, mit Schanzarbeiten ihre Stellung am Berg zu verbessern. Sie seien keine Bauern und täten nicht deren Arbeit.

Am Morgen hellte sich Tillys Stimmung ein wenig auf. Im Morgengrauen hatten seine Landsknechte eine ungarische Hilfseinheit im Schlaf überrascht – nur wenigen Söldnern gelang die Flucht. In seinen eigenen Reihen breitete sich Unruhe aus. Ein Karmelitermönch zeigte die ausgestochenen Augen auf dem Bild einer Heiligen Maria und schrie, man müsse diesen Frevel tilgen. Er eiferte beeindruckend, berichtet die Legende, denn eine kampfbereite Unruhe griff um sich mit Hochrufen auf Maria. Tilly erkannte: Jetzt muss er seine murrenden Söldner zum Angriff bewegen; das konnte seine unerwartete Chance sein. Mit dem Schlachtruf „Santa Maria!" setzten sich gegen Mittag erste Pikeniere in Bewegung, Kavalleristen füllten ihre Lücken und ritten auf die überraschten Böhmen zu. Einige ergriffen sofort die Flucht, andere wehrten sich erbittert. Tilly führte eine Abteilung nach der anderen in die vorderste Linien. Mehr und mehr suchten böhmische Soldaten ihr Leben zu retten und flohen. Nach zwei Stunden war die Schlacht geschlagen und Fliehende und Verfolger lieferten sich ein Wettrennen, die Tore von Prag zu erreichen. Gerade wollte Friedrich von der Pfalz zurück zu seinen Truppen eilen, als er seinen Heerführer Christian von Anhalt fliehend am Stadttor traf. Er kehrte um und verbarg sich in der Altstadt. Später floh er über Schlesien in die nördlichen, protestantischen Niederlande. 1635 starb er, seine Pfalz und Böhmen sah er nie wieder. Mit dem Spottnamen „Winterkönig" ging er in die Geschichte ein.

Seine Königswahl in Böhmen stand von Anfang an unter einem ungünstigen Stern. Im Reich herrschte endlich ein langer Frieden, seit die Fürsten und der Kaiser im Augsburger Religionsfrieden von 1555 die Wirren der Reformationszeit mit einem tragbaren

Kompromiss überwunden hatten. Doch die neue Generation von Herrschenden hatte nicht erlebt, welch Kraft und Toleranz die Vereinbarung brauchte. Laufend entstanden neue Bündnisse und zerfielen wieder, alle wurden nur zum eigenen Vorteil geschlossen. Die Religionen spielten keine Rolle. Der erfahrene Erzbischof und Kurfürst von Köln warnte: „Sollte es so sein, dass die Böhmen im Begriffe ständen, Ferdinand abzusetzen und einen Gegenkönig zu wählen, so möge man sich nur gleich auf einen zwanzig-, dreißig- oder vierzigjährigen Krieg gefasst machen."* Kurfürst Friedrich von der Pfalz war Anfang Zwanzig – ob er auf Ratschläge alter Männer hörte?

Ein grausames Strafgericht für die böhmischen Stände folgte. Auf dem Altstädter Ring wurden 27 von ihnen enthauptet. Viele Menschen flohen vor der Rekatholisierung Böhmens nach Sachsen. Dessen protestantischer Kurfürst erhielt die Lausitz als Lohn für seine Treue zum katholischen Kaiser. All das war nur die Einleitung für den nun beginnenden, vorausgesagten großen Krieg. Nach zwei vergeblichen Versuchen, Frieden zu schließen, führten erst die Verhandlungen von 1641 – 1648 zum Westfälischen Frieden von Osnabrück und Münster. Der Papst regte sie an. Doch sein Begehr nach Unterwerfung der Protestanten lehnten diese schroff ab und die Katholischen folgten den realen Machtverhältnissen. Man ließ Unterlegene am Verhandlungstisch zu, verzichtete auf Schuldzuweisungen, akzeptierte die Macht der Landesfürsten und die Interessen reichsfremder Mächte. Am Ende spielte die päpstliche Kurie keine Rolle mehr in der europäischen Politik. Die Stellung der Stände und des Kaisers wurden zugunsten der Landesherren geschwächt, der Absolutismus in ganz Europa konnte sich entwickeln. Das Reich verlor die Niederlande und die Schweiz, die sich zu eigenen Nationen entwickeln konnten, Frankreich wurde zur Vormacht in West-, Schweden in Nordeuropa. Doch der Westfälische Frieden sicherte auch für 150 Jahre den Frieden in Europa und wurde zur Grundlage der Beziehungen zwischen den neuen Nationalstaaten bis 1914, teuer erkauft mit der Verwüstung von 70% des deutschen Territoriums und dem Tod eines Drittels der Bevölkerung.

Hätte es anders kommen können in dieser ersten großen Schlacht des großen Krieges? Bei dieser hohen Überlegenheit der Kaiserlichen? Vergessen wir nicht: Die Moral war auf beiden Seiten schlecht. Und es gab noch den steilen Berg auf Seiten der Böhmen. Da kommt so ein Mönch und zeigt ein geschändetes Bild. Ein Feldherr lauscht auf die Stimmung und nutzt den Moment, wo die

Söldner den nicht gezahlten Sold vergessen. Hätte es so einen Moment auf der anderen Hangseite gegeben …? Eine gewonnene Schlacht der böhmischen Stände hätte den Krieg wohl nicht verhindert, doch vielleicht seinen Verlauf geändert.

Aber – zwingend war die Niederlage nicht.

* Golo Mann: Wallenstein, S. 146

6. Nicht nur der Nebel …

Der Oktober des Jahres 1806 brachte viel Nebel. Von Franken kommend, wälzten sich drei französische Marschsäulen nach Thüringen. Ihr Ziel war Berlin. Bei Auma, Schleiz und Saalfeld trafen sie zum ersten Mal auf preußische Vorhuten. Nun war sich Napoleon im Klaren, bei Jena würde er auf die Hauptarmee treffen. Er wies seine beiden am weitesten rechts marschierenden Korps an, nach links einzuschwenken. Bernadotte sollte bei Dornburg über die Saale gehen, Davout noch vor Naumburg sich gegen Apolda wenden.

Sein Gegner war der preußische König Friedrich Wilhelm III. Doch dieser Herrscher war nicht der kriegslüsterne Mann, den man in einem preußischen König erwartete. Er war ein kunstliebender Monarch. Deshalb rief er den Herzog von Braunschweig zu Hilfe. Als Marschall verlor dieser in seinem ganzen Leben keine Schlacht. Mit 71 Lebensjahren besaß er mehr Erfahrung als Napoleon, allerdings war er nie mit ihm zusammengetroffen. So wagte der friedliebende König den Waffengang mit dem Kaiser der Franzosen, fast allein, nur mit Sachsen als Verbündeten.

Die Verbündeten lagerten zwischen Erfurt und Weimar und berieten, wo die Schlacht zu schlagen sei. Sie fanden Naumburg als geeignet, so verlege man Napoleon den Weg sowohl nach Berlin als auch nach Dresden. Das Korps des Fürsten Hohenlohe sollte die rechte Flanke decken und die Armee zog in Richtung Apolda.

Am 13. Oktober erreichten die ersten Franzosen Jena. Auf dem Landgrafenberg vertrieben sie ein sächsisches Bataillon und in der Nacht zog Napoleon die Masse seiner Armee und Artillerie über diesen hinweg. Nebel begünstigte das Manöver und schützte vor den Blicken der preußischen Artilleristen. Der Fürst von Hohenlohe konnte sich ein solches Handeln nicht vorstellen und verwarf Meldungen, die ihm solches nahe legten. Denn auch am 14. Oktober morgens sah man noch nichts von Napoleons riskantem Vormarsch. Eine Rückeroberung des Landgrafenberges kam für ihn nicht in Frage, sein König hatte ihm jede Angriffshandlung verboten. Seine Avantgarde besetzte Felder und Höhen nördlich Jenas und kam bald mit den Korps der napoleonischen Hauptarmee ins Gefecht. Noch immer behinderte der Nebel alle Bewegungen, Meldereiter informierten ihre Kommandeure mehr schlecht als recht und beide Seiten glaubten nur zu wissen, was sich vor ihnen abspielte. Und während seine Avantgarde von Napoleons Korps überrannt wurde, zog Hohenlohe seine Hauptmacht auf den Feldern hinter

Vierzehnheiligen zu einem langen Abwehrkordon auf. Napoleon wartete, bis der Nebel sich verzog. Als er langsam stieg, rückten seine Truppen vor. Stundenlang standen Hohenlohes Soldaten im Feuer, wichen und wankten nicht, bis die Feuerkraft der französischen Übermacht die Reihen bröckeln ließ. Erst jetzt bemerkte Napoleon, dass er nur ein Korps vor sich hatte. Er holte seine Gardekavallerie nach vorn, die den letzten Widerstand brach. Am Nachmittag ging die Schlacht zu Ende. Doch – wo war die preußische Hauptarmee?

Gegen neun bemerkten die Aufklärer des Marschalls Davout im dichten Nebel erste Preußen vor dem Dorf Hassenhausen. Auch diese sondierten den künftigen Marschweg, nur ein kleines Gefecht entstand – beide Seiten rüsteten sich zum Begegnungsgefecht und schwärmten in die Breite. Unablässig ritt der Herzog von Braunschweig im Nebel die Truppen entlang, bemüht, sie richtig aufzustellen. General Blücher (der spätere Marschall Vorwärts aus den Befreiungskriegen) führte inzwischen einen Kavallerieangriff mit geringem Erfolg. Da traf den greisen Herzog eine verirrte Kugel. Er musste aus dem Gefecht geholt werden. Sein Stellvertreter General Scharnhorst war weit weg am linken Flügel. Es war gegen 10 Uhr, der Nebel stieg langsam hoch und nur der König selbst konnte befehlen. Doch er tat es nicht. Er bestimmte auch keinen neuen Oberbefehlshaber. Alle preußischen Einheiten erfüllten ihre zuletzt erhaltenen Befehle – nichts weiter. Die Offiziere des Marschalls Davout schauten im klarer werdenden Morgen nach vorn, sahen und handelten. Sie griffen an. Die preußischen Soldaten schossen zurück, verteidigten sich – doch ihre Offiziere warteten auf Befehle, die nicht kamen. Am späten Nachmittag gab der König seinen ersten Befehl: Rückzug durch Austerlitz. Anfangs noch geordnet, gerieten die Einheiten in der Stadt schon durcheinander. Dann trafen die von Vierzehnheiligen zurück flutenden Soldaten die Geschlagenen von Austerlitz. Chaos und wilde Flucht zerstreuten etwa 50.000 Preußen, die vor 27.000 Franzosen des Marschall Davout flohen. Die meisten Preußen waren mit ihnen nicht einmal in Berührung gekommen.

Der Rest ist schnell erzählt. Alle preußischen, gut bemannten Festungen ergaben sich Napoleon ohne einen Schuss, bis auf das kleine Kolberg in Hinterpommern, das bis zum Friedensschluss durchhielt. Zorn überkommt den Chronisten, wenn er die Tapferkeit der preußischen Soldaten mit dem Unvermögen ihrer adligen Offiziere vergleicht. Da warf Napoleon ein großes Lasso aus, die preußische Armee zu fangen, gestützt auf seine selbständig handelnden

Korpskommandeure. Keine Kenntnis hatten sie voneinander – und doch vernichtete Napoleon im Glauben, das preußische Hauptheer vor sich zu haben, ein preußisches Korps und sein Marschall Davout die ganze preußische Armee.

Und dabei hätte es eine Niederlage Napoleons werden können. Clausewitz, der spätere bedeutende Militärhistoriker Preußens, erlebte als junger Stabsoffizier bei Hohenlohe die Schlacht. Ein (von Hohenlohe bereits vorbereiteter) früher Angriff auf den Landgrafenberg hätte einen schwachen Napoleon getroffen, denn die meisten seiner Einheiten waren da noch auf dem Anmarsch. Und die verirrte Kugel, die den Herzog von Braunschweig traf?

Aber Hohenlohe und alle preußischen Offiziere durften nicht selbständig handeln – im Gegensatz zu den Franzosen. Und so war die Niederlage Preußens selbst verschuldet und verdient.

Und dennoch kann man fragen: Was wäre, wenn Hohenlohe sich gegen den Willen des Königs zum Angriff entschlossen hätte und der Herzog von Braunschweig nicht gefallen wäre?

7. In der Mühle

In Litauen, unweit der Grenze zum alten Ostpreußen, stand an einem kleinen Bach eine alte Mühle. Der Bach fließt noch heute, von der Mühle gibt es keine Spuren mehr. Was sich in ihr zutrug, schrieb Geschichte.

Ende des Jahres 1812 zog sich das 10. Korps des Marschalls Jaques MacDonald von Napoleons Grande Armee von Livland über Kurland nach Ostpreußen zurück. Es sollte bei Napoleons Russlandfeldzug seine linke Flanke nach Norden sichern. Von den Kämpfen blieb es verschont. Er war der letzte noch intakte Verband, bei ihm auch die als unzuverlässig geltenden preußischen Hilfstruppen, geführt von General Johann David von Yorck, der seinem Chef grollte wegen mangelnder Verpflegung. Mehr und mehr wuchs der Abstand zwischen ihm und den Franzosen. Doch es war wohl nicht nur die mangelnde Versorgung.

Zar Alexander I. von Russland hatte seinen Gouverneur von Liv- und Kurland, Marquis Philipp Paulucci, beauftragt, mit dem Kommandeur der preußischen Hilfstruppen Verbindung aufzunehmen. Briefboten pendelten zwischen dem Zar und seinem Gouverneur, bald auch zwischen Paulucci und Yorck. So erfuhr Yorck mehr von der katastrophalen Lage der französischen Armee als sein König. Er behielt sein Wissen nicht für sich. Ein Major Seydlitz diente ihm als Kurier zu König Friedrich Wilhelm III. von Preußen. Damit wusste auch der ungeliebte Verbündete mehr als Napoleon selbst.

Inzwischen traf der russische Feldmarschall Hans Karl von Diebitsch bei der Verfolgung auf die preußischen Hilfstruppen. Von Paulucci informiert, ließ er nicht schießen, sondern schickte einen Verbindungsoffizier, Carl von Clausewitz, jenen, der den preußischen Dienst quittiert hatte und in den russischen getreten war. Alle Beteiligten waren deutsche Muttersprachler, der Potsdamer Yorck, der Niederschlesier Diebitsch und Clausewitz aus Burg im heutigen Sachsen-Anhalt. Sie einte die erlittene Unterdrückung durch Napoleon mit dem Willen Alexanders, den Okkupanten zu schlagen. Schnell lösten sie alle praktischen und diplomatischen Fragen, dass

- Yorck, abgeschnitten von den Franzosen, eingeschlossen von den Russen, auf deren Territorium dem König von Preußen nicht unterstand,
- Yorck sich für neutral erklärte und
- Waffenstillstand zwischen Preußen und Russen herrsche.

So endeten die Verhandlungen in der Poscherauer Mühle bei Tauroggen am 30. 12. 1812.

In den Fluren des Berliner Schlosses soll der König gewütet haben – er wusste ja, dass diese Nachricht Napoleon hinterbracht werde. Doch er duldete die geheime Aufstellung von Landwehren in Ostpreußen und dass die preußischen Reformer eine Spendenkampagne für den Volkskrieg ins Leben riefen „Gold gab ich für Eisen". Er drohte Yorck mit Absetzung und Erschießung. Doch der rief am 05. Februar 1813 vor den Königsberger Ständen zum Volksaufstand gegen Napoleon auf. Der König schließt am 23./24. Februar 1813 in Kalisch einen Bündnisvertrag mit Russland und besiegelt am 17. März mit dem Aufruf „An mein Volk" den Beginn des Volkskrieges gegen Napoleon.

Was für ein Gegensatz! Ist das derselbe König, der 1806 in der Schlacht bei Jena und Auerstedt so kläglich versagte und anschließend dem Volk befahl: „Ruhe ist die erste Bürgerpflicht"? Ja, es ist derselbe – ein Monarch, der lernte! 1807 verlor Preußen die Hälfte seines Staatsgebiets – im Rescript vom 06. Dezember 1812 sichert Zar Alexander ihm zu, im Falle eines Bündnisses mit ihm, Preußen vollständig wiederherzustellen. Vorher jedoch lässt Friedrich Wilhelm während der französischen Besatzung die preußischen

Reformer Stein, Hardenberg, Humboldt und andere das preußische Staatswesen modernisieren – nicht immer erfolgreich, denn Napoleon bremst, sowie er die Vorherrschaft Frankreichs gefährdet sieht. Mancher Reformer muss Preußen verlassen, die meisten von ihnen gehen nach Russland. Des Königs Weg ist nicht gerade, auch eigene Standesgenossen hindern ihn, er schwankt in seiner Haltung zu Napoleon, diplomatisch oder nicht, doch endlich appelliert er an die Menschen, seine ‚Bürger‘, das Land und sich selbst von der Fremdherrschaft zu befreien – kein Monarch vor ihm wagte es je, sich an die Spitze eines Volkskrieges zu stellen. Konnte er gar nicht anders handeln?

Sein Verbündeter von 1806 war der König von Sachsen. Der fiel ab von Preußen und erhielt von Napoleon das Großherzogtum Warschau – das vormals Preußen gehörte. Der Sachsenkönig Friedrich August hielt zu Napoleon bis nach der Völkerschlacht bei Leipzig. Erst als die letzten sächsischen Soldaten zu den anderen Deutschen desertierten, schloss er sich dem Volkskrieg an – viel zu spät. Auf dem Wiener Kongress 1815 verlor er die Hälfte seines Landes. Nur weil Österreich einen Puffer zwischen Böhmen und Berlin wünschte, blieb Sachsen als Staat bestehen.

Was wäre gewesen, wenn der König von Preußen wie der Sachsenkönig gehandelt hätte? Bündnistreue unter allen Umständen, auch erzwungene, gehörte zur Tradition des alten Adels.

Und was wäre gewesen, hätte sich auch Friedrich August dem Geist der Zeit gestellt, der in der Poscherauer Mühle aus einem den Befehl verweigernden Offizier einen Freiheitskämpfer werden ließ? Der ritt am 13. März 1813 an der Spitze seiner Truppen in Berlin ein und der frenetische Beifall der Berliner riss ihn zu keinem Mienenspiel hin – eben das Urbild eines preußischen Generals. Beethoven widmete ihm seinen Yorckschen Marsch.

Die Ereignisse wären wahrscheinlich anders verlaufen. Das Ergebnis aber, die Befreiung Europas vom Joch Napoleons durch die Völker Russlands und Deutschlands, wäre sicher das gleiche gewesen.

8. Marschall Vorwärts

Seit Tagen waren die Soldaten zurückgewichen vor Napoleons neu aufgestellter Großer Armee. Das sollten sie auch. Denn die Schlesische Armee war nur als Reserve vorgesehen. Die Hauptarmee unter dem österreichischen Generalfeldmarschall Schwarzenberg rückte von Böhmen auf Dresden vor. Die drei Korps unter General Gebhard Leberecht von Blücher blieben in Tuchfühlung mit den Franzosen, angreifen sollten sie nicht. Doch dann kehrte Napoleon mit der Hauptmacht um, zog zurück nach Dresden. Nur ein Korps unter Marschall MacDonald mit 100.000 Soldaten setzte den Vormarsch nach Schlesien fort.

Nicht zum ersten Mal stand Blücher französischen Truppen gegenüber. 1806 bei Auerstedt führte er einen Kavallerieangriff nach Erlaubnis des Herzogs von Braunschweig, am 02. Mai 1813 kämpfte er bei Großgörschen südlich von Leipzig unter dem russischen General Wittgenstein gegen Napoleon. Nun stand er als Kommandeur einer eigenen Armee am Zusammenfluss der Wütenden Neiße und der Katzbach südwestlich von Liegnitz (Legnica) in Niederschlesien. In Großgörschen riefen ihn die russischen Soldaten zum Marschall Vorwärts aus. Auch jetzt waren zwei Drittel seiner Soldaten

Russen. Sie erwarteten von ihm, dass er seinem verliehenen Namen gerecht werde. Insgeheim wusste sich Blücher mit dem russischen Oberbefehlshaber Barclay de Tolly einig, bei günstiger Gelegenheit anzugreifen. Das zerschnittene Gelände und das schlechte Wetter schienen ihm günstig.

Am 26. August 1813 griffen seine Vorhuten an, wurden aber von der französischen Übermacht auf das Plateau am rechten Ufer der Neiße zurückgedrängt. Ein russisches Korps unter von Sacken und das preußische von Yorck bezogen hier Stellung. Bei stärker werdenden Regen versuchten die Franzosen, den Uferhang des tief eingeschnittenen Tales zu erklimmen und ihren Angriff fortzusetzen. Russen und Preußen hielten stand und gegen 15 Uhr griff Yorcks Korps an. Ein französischer Kavallerieangriff blieb stecken, Blücher führte seinerseits russische und preußische Reiter zur Attacke und zwang die Franzosen zum Rückzug. Bei strömenden Regen und anschwellendem Fluss behinderten sich die Franzosen gegenseitig. Viele französischen Soldaten wurden von den Fluten erfasst und ertranken. Die Artillerie der Verbündeten rückte auf dem gewonnenen Plateau bis an den Rand vor und beschoss die Fliehenden. Erst bei Einbruch der Nacht endete die Schlacht mit 30.000 Toten und Verwundeten Franzosen. Russen und Preußen verloren nur 4.000 Mann.

Am nächsten Morgen verfolgten die Alliierten die flüchtenden Franzosen und jagten sie bis hinter die Lausitzer Neiße. Für einige beteiligte Kommandeure brachte die Schlacht große persönliche Genugtuung. Blücher verbuchte nach seinem halben Sieg bei Großgörschen einen vollen Triumph, Yorck schlug seinen früheren französischen Vorgesetzten MacDonald vom Russlandfeldzug. Und zu Ehren seines russischen Freundes van Sacken benannte Blücher die Schlacht nach der Katzbach, an deren Ufern sich dessen Korps so tapfer schlug. Doch die Auswirkungen waren viel bedeutender. Zur gleichen Zeit tobte der Kampf um Dresden zwischen den Hauptarmeen Napoleons und der Verbündeten. Zwei Tage zuvor hatte die Nordarmee die französische „Armee de Berlin" bei Großbeeren südlich von Berlin geschlagen. Wenn auch Napoleon in der Schlacht bei Dresden seinen letzten großen Sieg erfocht, waren die Verluste für ihn so groß, dass nun Initiative und zahlenmäßige Überlegenheit auf die Verbündeten überging. Er musste sich auf Leipzig zurückziehen – und verlor dort im Oktober die Völkerschlacht und den Krieg.

Daran hatte Blücher wieder großen Anteil. Er siegte im Norden von Leipzig, vernichtete ein ganzes Korps und verhinderte, dass Napoleon zwei Korps nach Wachau im Süden als Verstärkung gegen die Hauptarmee senden konnte.

Die deutschen Rheinbundfürsten fielen von Napoleon ab, ihre Truppen wechselten die Seiten. Zu Neujahr überschritt Blücher als erster mit seiner Armee bei Kaub den Rhein. Napoleon kämpfte noch zäh, siegte auch einige Male, doch Ende März 1814 zogen die Verbündeten in Paris ein und Napoleon musste auf den Thron verzichten. Der Wiener Kongress zur Neuordnung Europas begann. Es gab noch ein Zwischenspiel von 100 Tagen, als der nach der Insel Elba verwiesene Napoleon in Frankreich landete und eine neue Armee aufstellte. Wieder folgten Schlachten, doch in der letzten widerstand der Herzog von Wellington mit britischen und holländischen Soldaten seinem Angriff, bis Blüchers Truppen nach Eilmärschen das Schlachtfeld bei Waterloo (Belle-Alliance) erreichten. Die Engländer verbannten Napoleon als Gefangenen auf die Insel Helena, wo er 1832 starb.

Das waren ganz andere Soldaten, Kommandeure und auch Monarchen, die 1813 Napoleon gegenüber standen. Reformen in Preußen, der Widerstand der Russen – alle gesellschaftlichen Schichten waren bereit für den Krieg gegen den Eroberer Europas. Kurz vor Erreichung seines Zieles schlug der Krieg der Monarchen um in den Volkskrieg. Nun führten auch untergeordnete Kommandeure ihre Truppen initiativreich gegen Napoleon – das Pfund, mit dem dieser seine früheren Kriege, besonders gegen Preußen, gewinnen konnte, lag nun in seiner Gegner Hand. Hinzu kam die Erbitterung der Völker gegen die Unterdrückung und das Vorbild der Russen, dieses in aktives Handeln umzusetzen. So bewahrte Russland nun schon ein zweites Mal Europa vor dem Schicksal, in seiner Gesamtheit erobert zu werden – im 13. Jahrhundert vor der Mongolenherrschaft, jetzt vor einem entarteten Revolutionär, der sein eigenes Volk missbrauchte. Noch einmal sollte das 150 Jahre später so geschehen gegen faschistisches Übermenschentum. Was folgt aus der Geschichte? Nur wer aller Europäer Feind ist, kann wollen, dass Russland draußen bleibt!

Aber – was wäre gewesen, hätte Blücher an der Katzbach in Schlesien so gehandelt wie 1806 Hohenlohe am Landgrafenberg bei Jena? Hätte er sich nur brav an Befehle gehalten gegen eigenes Denken? Es ist kaum möglich, weiß man, was

vorher geschah. Doch eine Überlegung sollte es
wert sein.

9. Am Swiepwald

„Getrennt marschieren – vereint schlagen". Generalstabschef Moltke präsentierte mit diesen Worten seinen Kriegsplan zur Entscheidungsschlacht gegen Österreich dem preußischen König Wilhelm I. Der Plan war riskant. Niemals zuvor hatten Generäle ihre Truppen vor der Schlacht geteilt, aber niemals vorher konnten Militärs auch mit der Eisenbahn rechnen. Dieser Krieg kam für die Zeitgenossen unerwartet; die Gegner gehörten zum Deutschen Bund, geschlossen zum gemeinsamen Kampf nach außen und gegen die demokratischen Kräfte im Inneren! Während der Revolution von 1848/49 lehnte der preußische König die Kaiserwürde ab, angetragen von der Frankfurter Nationalversammlung. Und nun kämpfte er nur sechzehn Jahre später mit dem österreichischen Kaiser genau um diese, vorher abgelehnte Krone!

Hinter diesem Gegensatz stand im Hintergrund ein Mann, Otto von Bismarck, seit 1862 Ministerpräsident von Preußen. Er sprach davon, dass große Entscheidungen nicht durch Debatten und Beschlüsse (wie in der Paulskirche von Frankfurt) sondern durch Blut und Eisen herbei geführt werden. Kaiser sollte sein zaudernder König schon werden, aber nicht auf Antrag des ‚Pöbels'! Mit List und Tücke, also mit

Diplomatie, arbeitete er daran, den preußisch-österreichischen Konflikt auf die Spitze zu treiben.

Zunächst verwirklichte er gegen die liberalen Kräfte in Preußen die vom König verlangte Heeresreform. Die Liberalen glaubten nicht an die Notwendigkeit eines starken Heeres, dafür gäbe es nach dem Wiener Kongress keine Notwendigkeit mehr. Bismarck setzte die Reform durch zum Wohlgefallen seines Königs; das Heer wuchs. Nun musste er die Spannungen mit Österreich, der anderen ‚Vormacht' im Deutschen Bund, verstärken. Eine bürgerliche Revolution in Dänemark kam ihm zu Hilfe. Das neu gewählte Parlament degradierte den dänischen König zum Unterzeichner der Verfassung. Die siegreichen Revolutionäre formulierten ihren Inhalt. Die im Amt jungen Abgeordneten übersahen ein kleines Stück europäischer Geschichte.

An der Grenze zum „Heiligen Römischen Reich Deutscher Nation" lagen die Herzogtümer Schleswig und Holstein. „Up ewig ungedeeld" fühlten sich Landvolk und Adel seit hunderten von Jahren. Die Grenze an der Eider interessierte nicht, denn der dänische König beherrschte Schleswig unmittelbar, als Lehnsmann des Kaisers auch Holstein. Doch die neue Verfassung von 1864 sollte auch für Holstein gelten. Der

König wollte nicht unterschreiben, bedeutete es ja eine Annexion fremden Landes und mit dem Deutschen Bund wollte er sich nicht anlegen. Aber das Parlament zwang ihn dazu. Der Deutsche Bund wartete nicht, beauftragte Preußen und Österreich mit Wiederherstellung der Rechtslage. Preußen und Österreicher besetzten nach kurzem Kampf ganz Jütland und bei den Düppelner Schanzen schossen preußische Kanonen die dänische Armee reif zur Kapitulation. Der Deutsche Bund beschloss die gemeinsame Verwaltung beider Herzogtümer, Schleswig wurde preußisch, Holstein österreichisch besetzt. So kam die Stadt Flensburg zu Deutschland.

Natürlich gerieten die beiden ‚Vormächte' bei der Ausübung der Verwaltung in Streit – Preußen ließ Truppen in Holstein einmarschieren. Österreich forderte die ‚Bundesexekution' gegen Preußen. Das trat aus dem Deutschen Bund aus und erklärte Österreich am 19. Juni 1866 den Krieg. Bismarck war am Ziel.

Alles lief gut für Preußen. Die anderen Staaten des Deutschen Bundes spielten fast keine Rolle. Das Königreich Hannover (heute etwa Niedersachsen) schlug eine Schlacht bei Langensalza in Thüringen, gewann sogar – und musste doch zwei Tage später wegen hoher

Verluste und fehlendem Nachschub kapitulieren. Schnell bewegten sich die drei vorbereiteten Armeen nach Böhmen, entlang der Elbe und Iser, von Görlitz über Reichenberg, nach Oberschlesien übers Riesen- und Eulengebirge – fast alle Gefechte wurden gewonnen. Am frühen Morgen des 03. Juli kamen die Elbarmee und die 1. Preußische Armee westlich von Königgrätz (Hradec Kralowe) miteinander in Berührung und stießen auf die österreichische Nordarmee. Dort sollten sie sich im Angriff verschleißen, so der Plan des österreichischen Befehlshabers Benedek. Er wusste, seine Artillerie schoss besser als die preußische, aber die Infanterie besaß noch das schlechtere Vorderladergewehr. Seine Stellung war so ausgewählt, dass die eigenen Vorteile gut zur Geltung kamen. Er galt als militärisches Genie, seit er in Italien 1848 stets siegreich geblieben war. Doch Böhmen kannte er nicht, wollte auch den Oberbefehl nicht haben. Sein Kaiser Franz Joseph befahl ihn dennoch dazu.

Bis zum Mittag lief alles nach Benedeks Plan. Seine Artillerie ließ den preußischen Infanteristen mit ihren schneller abzufeuernden Hinterladern keine Chancen. Sie pflügte einen Wald regelrecht um. Zwei seiner Unterführer sahen sich auf der Siegerstraße und wollten ihren Anteil am Schlachtenruhm erhöhen. Sie drangen in diesen Swiepwald ein, den Preußen den Rest zu geben.

Dafür mussten sie an ihrer rechten Flanke Stellungen aufgeben.

Vom Riesengebirge kommend, war die 2. Preußische Armee in Eilmärschen Richtung Königgrätz marschiert. Gegen Mittag erreichten ihre Vorhuten das Schlachtfeld. Gerade glaubten die Österreicher, den Sieg in der Hand zu halten. Der Kommandeur einer preußischen Gardeeinheit erkannte die Bedeutung des Dorfes Chlum beim Swiepwald und besetzte es sofort. Andere Einheiten folgten, bald wurden die österreichischen Soldaten von Norden und Osten angegriffen. Benedek warf alle seine Reserven gegen den Swiepwald und Chlum. Zu spät – das preußische Repetiergewehr bewies seine Feuerkraft, nachmittags gegen vier drohte die Einschließung, er befahl den Rückzug. Von den Kanonen der Festung Königgrätz gedeckt, gelang ihm der Abbruch der Schlacht.

Auf einer Breite von zehn und einer Tiefe von fünf Kilometern hatten etwa 440.000 Soldaten ihr Leben eingesetzt. Der Kampf um die klein- oder großdeutsche Lösung entschied sich in zwölf Stunden. Bismarck blieb dem Primat der Politik treu und hielt seinen König zurück, der in Wien die Siegesparade abhalten wollte.

Im Vorfrieden von Nikolsburg und im Friedensvertrag zu Prag am 23. August musste Österreich der Auflösung des Deutschen Bundes zustimmen. Preußen nahm sich keines der österreichischen Länder. Das besiegte Land sollte seine Würde behalten – man könne es später als Bundesgenossen brauchen, so das Bismarcksche Kalkül. Das schnelle Ende des Krieges ließ anderen Mächten in Europa keine Chance zum Eingreifen. Österreich, von Tirol bis Böhmen, war kein deutsches Land mehr.

Wäre die 2. Preußische Armee nur wenig später gekommen, wären die beiden ruhmsüchtigen österreichischen Unterkommandeure nicht in den Swiepwald eingerückt – die Einigung Deutschlands hätte anders verlaufen können, wäre vielleicht auch gar nicht zustande gekommen.

10. Eine Depesche

„… Der König hat dem Botschafter nichts weiter mitzuteilen." Letzter Satz einer Zeitungsmeldung über eine Begegnung des preußischen Königs Friedrich Wilhelm I. am 13. Juli 1870 mit dem Botschafter Frankreichs Benedetti auf der Promenade von Bad Ems in einer Sonderausgabe der ‚Norddeutschen Allgemeinen Zeitung‘. Am 19. Juli erklärte der französische Außenminister de Gramont Preußen den Krieg. Musste das so kommen?

Der Konflikt schwelte schon länger zwischen den beiden Großmächten. In Frankreich kursierten in den Medien Meinungen über die ‚Rache für Sadowa‘, wie die Schlacht von Königgrätz 1866 in Frankreich genannt wurde. Napoleon III. hatte sich einen Anteil an Preußens Sieg versprochen als Dank für seine Neutralität. Aber da kam nichts außer Verwunderung über dieses Ansinnen. In Spanien wurde Königin Isabella gestürzt. Nach den Erbgesetzen des Hochadels kamen für die Nachfolge ein Bourbone oder ein Hohenzoller in Frage. Bei Letzterem musste der preußische König als Oberhaupt der Dynastie einverstanden sein, dass ein Hohenzollernfürst spanischer König wird. Aber das wollte jener Leopold nicht. Nun sollte König Wilhelm auch für alle Zukunft erklären, dass niemals ein Spross der

Hohenzollern König von Spanien würde. Das lehnte er ab. Der französische Außenminister ließ seinen Botschafter erneut darauf drängen. Höflich wies das König Wilhelm wieder zurück. Er unterrichtete seinen Ministerpräsidenten darüber und stellte ihm frei, die Presse zu informieren. Bismarck kürzte den Text der Depesche, der Ton wirkte nun schroffer. Vor der Veröffentlichung fragte Bismarck Generalstabschef Moltke, ob alle Rüstungsvorbereitungen abgeschlossen seien. Besser jetzt ein Krieg als später, soll Moltke geknurrt haben.

In der französischen Öffentlichkeit reagierte man empört. Am 16. Juli bewilligte das französische Parlament die finanziellen Mittel. Drei Tage später folgte die Kriegserklärung.

Warum so schnell? Napoleons Wille zum Krieg stand schon vorher fest. Für ihn bedauerlich wollte Leopold von Hohenzollern gar nicht Spaniens Thron. Deshalb erhöhte er die Forderung an König Wilhelm in übertriebener Weise.

Frankreichs Generäle wollten einen schnellen Vorstoß ihrer Truppen in der Mainebene, um den Norddeutschen Bund von den südlichen Staaten zu trennen. Vielleicht, so ihre Hoffnung, blieben diese dann neutral. Doch über Saarbrücken kamen sie nicht hinaus. Die deutschen

Eisenbahnlinien waren vorwiegend in Ost-Westrichtung gebaut und brachten die preußischen und bayrischen Truppen schnell an den Rhein. Die ersten Grenzschlachten fanden auf französischem Gebiet statt und stets waren deutsche Truppen zahlenmäßig überlegen. Bald musste sich eine französische Armee in die Festung Metz zurückziehen. Eine Entsatzarmee geriet bei Sedan in die Einkreisung und ergab sich am 2. September und mit ihr Napoleon III. Der Krieg hätte nach den Vorstellungen des 19. Jahrhunderts zu Ende sein können.

Aber Frankreich ist anders. Bei der Nachricht von der Gefangennahme Napoleons III. ergriffen republikanisch gesinnte Kräfte zwei Tage später die Macht und riefen zum Volkskrieg auf. Doch die reguläre Armee war besiegt; die neu eingezogenen, unerfahrenen Soldaten verloren jede Schlacht. Paris war seit dem 19. September eingeschlossen und lag unter Geschützfeuer. Am 31. Januar 1871 schloss die provisorische Regierung einen dreiwöchigen Waffenstillstand. Preußen wollte den Krieg beenden, gestattete die Wahl einer neuen Nationalversammlung. Diese verlangte Frieden. Am 26. Februar unterzeichnete der zum provisorischen Staatsoberhaupt gewählte Adolphe Thierse einen Vorfrieden. Am 10. Mai, noch während in Paris Kämpfe mit der Kommune tobten, wurde der Frieden in Frankfurt unterschrieben.

Am 13. März versuchte die neue Regierung die noch verteidigungsbereite Nationalgarde zu entwaffnen. Das führte zu einem Aufstand. Am 26. März übernahm die ‚Commune de Paris‘ die Macht. Ihr Wirken schätzten Karl Marx und Friedrich Engels später als erste proletarische Revolution der Geschichte ein. Die alte Regierung formierte die Regierungstruppen neu und im Mai zerschlugen sie die bewaffneten Milizen. In der ‚blutigen Woche‘ vom 21. bis 28. Mai wurden etwa 25.000 Menschen getötet. Verhaftungen, Erschießungen und 15.000 Deportationen brachen den Widerstand der Kommunarden. Ihre Erfolgsaussichten waren von Beginn an gering. Aus dem eingeschlossenem Paris konnte ihre Bewegung unmöglich ins Land hinaus wirken. Der Aufstand der ‚Commune de Paris‘ ging später unter der Bezeichnung ‚Die hundert Tage der Kommune‘ in die Geschichte ein.

Am 18. Januar 1871 proklamierten die deutschen Fürsten König Wilhelm zum Deutschen Kaiser im Spiegelsaal von Versailles. Das war pragmatisch für die deutsche Seite, noch herrschte Krieg und in Versailles lag das deutsche Hauptquartier. Der französischen Elite galt die

Wahl des Ortes als Demütigung. Der spätere französische Revanchismus fand darin eine seiner Quellen. Für Bismarck konnte es nicht besser kommen. Er hatte die Einheit Deutschlands unter preußischer Führung angestrebt und sie nun ‚mit Blut und Eisen' erreicht. Zwei Kriege verliefen schon programmgemäß, jetzt vollendete der dritte ‚sein' Deutschland. Dazu hatte er die Kriegserklärung Frankreichs gebraucht, damit sich die süddeutschen Staaten mit dem Norddeutschen Bund solidarisieren. Geheime Schutz- und Trutzbündnisse existierten bereits seit Beendigung des Krieges gegen Österreich.

Das neue Deutschland brauche sichere Grenzen gegen den ‚Erbfeind' Frankreich. So lautete die allgemeine bürgerliche Meinung. Aus der Perspektive der damaligen Zeit ist eine solche Haltung verständlich. Die Grenze des ‚alten Reiches' lag jahrhundertelang an der Rhone. Die ersten deutschen Kaiser holten sich oft ihre Ehefrauen aus Burgund. Noch heute gibt es in Gent ein touristisches Spektakel: Die burgundische Hochzeit von 1477. Da nahm der spätere Kaiser Maximilian die burgundische Erbin Maria zur Frau. Gent war damals die reichste Tuchmacherstadt der burgundischen Niederlande – nach der die heutigen Niederlande ihren Namen haben. Der Ehemann Maria

Theresia von Österreich war ein Herzog von Lothringen und deutscher Kaiser.

Mit dem Dreißigjährigen Krieg begann das französische Königshaus mit Gewalt und List dem Reich Land zu entreißen, mit Kriegen und bei den kleinen elsässischen Herrschaften mit gefälschten Testamenten. Die Menschen erinnerten sich noch der Schrecken des Pfälzischen Erbfolgekrieges, der das Heidelberger Schloss als Ruine hinterließ und die süddeutschen Länder verwüstete. 1792 erreichten die französischen Revolutionstruppen den Rhein, der Frieden von Campoformio 1797 legte die Rheingrenze auf ganzer Länge vertraglich fest. Erst die Befreiungskriege führten den Grenzverlauf ungefähr auf die heutigen Linien zurück. Und so fand die Forderung der jungen deutschen Sozialdemokratie nach einem Frieden ohne Annexionen kaum Verständnis.

Der Krieg schloss mit der Annexion von Elsass-Lothringen und der Zahlung von fünf Milliarden Franc Kriegsentschädigung. Der Generalstab hatte sichere Grenzen mit den Ardennen und den Vogesen durchgesetzt. Deutschland ist saturiert, wie es Bismarck ausdrückte, mehr brauche es nicht. Seine weitere Politik blieb darauf ausgerichtet, mit allen Großmächten Europas durch Verträge Ausgeglichenheit herzustellen, die verwandtschaftlichen Beziehungen der Herrscherhäuser untereinander sollten das ergänzen. Deutschlands Wirtschaft erlebte eine Blüte. Doch 1890 entließ Kaiser Wilhelm II. den ‚Spiritus rector' der deutschen Einheit. Er wollte Deutschland zu ‚einem Platz an der Sonne' führen. Bismarck, der für Deutschland keine Kolonien mochte, war dem jungen Monarchen im Weg. „Der Lotse geht von Bord", titelte eine englische Zeitung.

Aber was wäre geschehen, wenn Napoleon III. seine Forderung nicht übertrieben und Bismarck die Depesche in der Zeitung nicht so kurz und schroff formuliert hätte?

11. Resümee

Was wäre, wenn …? Eine Frage, die oft den Menschen anfällt, wenn ihm etwas nicht gelungen ist. Sie kann selbstquälerisch sein und wird deshalb meist vermieden. Ist der Frager stark genug, sich ihnen zu stellen und eventuelle seelische Qualen zu ertragen, kann sie zu Erkenntnissen führen. Stellt man solche Fragen geschichtlichen Ereignissen, sind die Reaktionen vielfältiger. Was soll's, ist doch vorbei – so die am weitesten verbreitete Reaktion. Aber beim Nachdenken über geschichtliche Unfälle oder Zufälle, können sich Gedanken aufdrängen, dass nicht alles genauso und nicht anders hätte passieren müssen! Daraus folgt: Geschichte ist nicht vorherbestimmt. Was uns heute bewegt, könnte auch in einem anderen Gewand daher kommen, einer Form, wie wir sie noch nie bedacht haben. Spätestens jetzt ist anzumerken, dass Menschen die Geschichte gestalten, aktiv daran arbeiten und sie formen möchten.

Sind wir blind einem Schicksal, einem Schöpfer, einem Weltenlenker – oder wie man sonst sagen könnte – ausgeliefert? Wir haben unsere Zukunft selbst in der Hand – im Rahmen der Naturgesetze. Ihnen können wir nicht entfliehen, doch sie nutzen. So wie ein Handwerker, zum Beispiel ein Schmied, die Hitze und die Kraft seiner Schläge nutzt, ein Werkzeug auf dem Amboss zu formen, können wir unsere Umwelt gestalten – mit Kraft, Wissen und Erfahrung, Umsicht, mit allen Sinnen und Wissen unserer Existenz. Natürlich ist es bedeutend schwieriger im Verbund mit anderen Menschen die eigene Umwelt gestalten zu wollen. Hierzu gehören auch noch viel Fingerspitzengefühl im Umgang mit anderen Menschen, besondere Fähigkeiten zu leiten, zuzuhören, was der Andere will und aushält, Toleranz dem anders Denkenden gegenüber. All das ist erlernbar wie die Handwerkskunst des Schmiedes.

Anregen sollen diese Geschichten zur Geschichte, sich dafür zu interessieren. Hätte es eine andere als die kleindeutsche Lösung für Deutschland im 19. Jahrhundert geben können? Wären die industrielle Revolution und die Gestaltung der menschlichen Beziehungen untereinander dann anders verlaufen? Gibt es Schuldige, dass es so kam wie es kam – und sind sie zu verurteilen?